歌集

檐溜《たんりう》

向山益雄

現代短歌社

目次

第一部

第二部

歌集

檐溜《たんりう》

第一部

コーヒーミル

効率を追ひ求めつつ折々は追はれ生きしか吾がこしかたは

日は窓に満ちて小庭に椿咲くコーヒーミルを吾は回さな

鉢の花新種いくつか並べるに吾は見慣れしさくら草買ふ

むらさきの花だいこんの咲き出でて空家の庭に春の日充てり

裏庭に積もりたる葉が黒土に還らむとして匂ひただよふ

十余年土中にありし過去《こしかた》を知るか夏の日蟬鳴きつくす

母の訃

豆腐売るラッパの音も間延びして春いちばんの過ぎし夕暮れ

ふるさとに病み臥す母を見舞ひ来て帰りの汽車に冷酒を酌む

コート持つ手にかざし温し残業を終へて夜更けのビル出づるとき

決算を終へし夕べは暮れなづむ鉢のプリムラ色あたたかし

母の訃の電話を置けば広ごれり母のかたちのわが胸の虚《うろ》

母をなげく歌書き記す箸袋くれ給ひけり通夜の席に

神代桜

白梅の白あふれたり朝ごとに明るさの増すひかりの中に

果つるまで斯く生きむとて雄ごころは神代桜の根方にやどる

樟の木の香は空に満つ新しきのこぎりをもて枝引くときに

新しきのこぎりの刃の滑らかさ楠の葉むらにおがくづの舞ふ

夏ぞらへ幼女《をさなめ》の手より飛び立たむ青筋揚羽は羽化したばかり

出会ひの日々

港北区地区センターに入所の日、パート職も公僕たれとの講習を受く

広間には碁・将棋楽しむ人見えてテラスに鉢の花を植ゑ替ふ

「この人ゐる?・」若きが開く携帯電話《ケイタイ》に吾が同僚の笑まひて写る

初演日は間近となりて立ち稽古する若者ら部屋より聞こゆ

閉館を告ぐればひとり坐りゐし若者出でゆく無言のままに

「さやうなら」出でゆく幼に手を振ればその母親がほほ笑み返す

短冊に幼は夢を老いびとは感謝を書きて大笹に結ふ

幾たびか図書の並びをととのふる破れ窓理論諾ひながら

『防人の歌』拾ひ読む休憩の折々に来て書架のかたへに

事務室の空気はなごむ広間より八重山をどりの三線のおと

誰もゐぬ体育室に羽球《シャトル》打つ吾に残れる筋力こめて

勤めより帰りて寡黙に吾がをれば羽虫がひとつ電灯に舞ふ

大窓をおほひしゴーヤの葉も枯れて風わたらへば乾きたる音

カラオケの盛り上がりたる部屋に入り閉館を告ぐ声低くして

繰り返しダンス教室に流れゐし『学生時代』が耳をはなれず

カラオケもダンスも終はり人去りてロビーにしばし鈴虫の声

文化祭にて幼児向け「おはなしの部屋」へ参加　二首

紙芝居「子ぎつねコンちゃん」化くるとき吾が気合こめエイッと引抜く

「かぐや姫」帰る場面を読むときに児らしんしんと身体のり出す

かの父のやうに吾が子を抱きつつ人形劇をかつて見し日よ

文化祭のビデオ撮り終ふ人影の去りしロビーをラストシーンに

帰りしな大き星見ゆ白粥を流せるごとき雲のあはひに

集ひ来る老若男女また吾も己れが生くるあかしを求む

明日のよき出会ひを人に願ひつつ行事予定をボードにしるす

月影

夏至ちかき日のかたむけば斜里岳は山襞ふかく野のはてに立つ

オホーツクの鷗がひとつ切り立ちし岬の崖を越えてゆきたり

夕光《かげ》はすでに届かず火口湖の青鈍いろの水の湛へに

雨晴れの空を夕光《かげ》わたらへり青鈍色の火口湖のうへ

月影の仄かにありて恙なき旅の終はりに吾が木戸を押す

日傘の人

ふと見れば吾が母なりきプールわき立ちて見守る日傘の人は

揚げひばり声聞くこころのもの憂さよ紙飛行機を高く放てり

幾たびか重きカメラを据ゑ直し翡翠《かはせみ》を追ふ池のめぐりに

ゾンビまた女神を描く高架下《した》たどりてゆけば桜木町駅

楠の木に若き声して命綱つけたる女庭師降り立つ

白き指が静かに弦を離れたりハープを抱く女《をみな》は笑みて

さんご樹の枝剪り空かし風のみち開けり父母《ちちはは》お通り下され

ねこじやらし

秋葉原を妻とわたりて冷蔵庫選びつ家族《うから》を迎ふるごとく

ポリぶくろ薄手になりてバラ売りの秋刀魚の口が突き破りたり

日は落ちて多摩の河原のねこじやらし淡きひかりを穂に宿したり

秋雨は幾千の足踏みゆきし敷石にふる熊野の道に

観音埼

灯台の開所記念日

波音の絶え間もなけれ崖下の無縁仏に菊たむけらる

観音埼灯台に来て海のうへ照らさむ電球目の前に見つ

正月日和

船白く明るき湾をよぎり来る浦賀水道正月日和

筆太に書きたる〈未来〉少年の作りし凧が揚がりゆきたり

合掌造りの天井あふぐ囲炉裏にて知らぬどうしが橡《とち》餅を食ふ

朝光《かげ》に湯気のぼる見ゆ大屋根の萱に宿りし昨夜《よべ》の氷雨は

D席にダークスーツの人来たる出張帰りか駅弁提げて

兄貴また叔父貴といへど何ゆゑに親父には貴の文字《もんじ》のつかぬ

氏神の喜怒はいずれぞ駐車場八台分の樫が伐られて

日本の春

先づ咲きし桜五つを幾たびもテレビは伝ふ日本《にっぽん》の春

波間より黒き塊浮かびきて解《ほど》けゆくがにサーファーは起つ

診察に吾が名呼ばれて読みかけのスポーツ新聞惜しみつつ置く

核実験めぐるニュースを聞きながら納豆掻く手に力がこもる

三年間空家にありし床《ゆか》踏めばしんしんとして冷えの伝ひ来

飴細工

ラッシュする気合の声とうぐひすとこもごも聞こゆ校庭の朝

しらしらと夜の明けゆくを嬉しみて窓といふ窓開け放ちたり

芍薬の花はひらきて紅《くれなゐ》に吾が空間はゆつたりと充つ

そーら出来た赤い小鳥の飴細工しかと摑めりをさなき手もて

みづからを幼ごころに戻すべし読み聞かせむと絵本選りつつ

夕日へあるく

それぞれに仕事とくらしと籠りたる男らの背がわが前をゆく

両腕を振りつつ歩く人を見て吾もふり出す公園の道

川土手のあら草道を蒲公英の絮毛吹きつつ夕日へあるく

紫陽花の青を浮かぶる歩道には行き交ふ人らおほらかに見ゆ

窓枠の影

目覚むれば床《ゆか》に明るき月さして窓枠の影わづかにゆがむ

柱時計掛けむとすれば越しゆきし人の釘跡かすかに残る

信号を指差ししたる運転士すなはち己がこころをゆびさす

造船所跡地のすすき追ひやられアキノキリンソウ花の波打つ

海棠

鎌倉、光則寺　二首

海棠はうす紅《くれなゐ》に枝垂れたり今朝ふる雨をいとふごとくに

海棠の花の枝垂れを見て立てり雨の寺庭なほ去りがたく

北庭に風ふく見ればほの白き射干《しやが》の花むら波とくだくる

家並のとぎれて広き畑には主《あるじ》夫婦の春キャベツ刈る

幾千と畑に列なる春キャベツ光を巻きて玉なせる見ゆ

水無月の夕暮れなづみ病《や》み癒えて妻は小庭にアスターを摘む

朝あさに手のひらを当てたしかむる吾が授粉せし南瓜の重さ

蒸気機関車

大井川鉄道のＳＬ列車に乗る

茶畑に蒸気機関車牽く影とけむりの影と移りゆく見ゆ

トラックが蟻のごとくに列なりて沖の大橋行き交ふが見ゆ

人住まぬ社宅の角をトラックが椿四、五輪落として曲がる

「生誕」と後にいはるる人々も生まれしときは「誕生」なりき

立ち上がるデスクトップの背景の空の青さよメールを開く

歌ひとつ案じつつゐるロビーにて搭乗案内いくたびか聞く

いく日か塀に置かれて夏帽子見遣りつつ過ぐ手編みの帽子

白壁に沿ひて潮の香吹きあぐる美術館より出でて曲がれば

雨粒が雨つぶを伝ひ下りゆく夕暮れちかくのガラスの窓を

夜をこめて雪降りつめば日曜の校庭白くひろびろと見ゆ

桐の花

「神奈川区桐畑」なる名を負ひて街道沿ひの一本の桐

白金《はくきん》の光はなてる日を抱きて桐の梢は寒空に立つ

桐の花うすむらさきに散り敷きし歩道に今日は濃き影うごく

桐の花両手に掬ひ供へたり道祖神《さへのかみ》なる碑《いしぶみ》のわき

蕗の薹

建て替への間近なるわが家庭《いへには》の日当たるところ蕗の薹出づ

三日月のやや傾きて憩ふごとかかりたる見ゆ町の家並みに

店の戸は閉ぢたるままに「原点に戻ります」との挨拶貼らる

もんじや焼きキャベツをきざむ音聞こゆ巷《ちまた》の路地を吾が通るとき

譲られし江戸川柳の本繰ればかすかに香《かう》の匂ひ立ちたり

幾ぶんか手首効かせてジャンプ傘三日つづきの雨に押し出す

七年間連れ合ひを看る兄の声ひさびさ笑ふ声を受話器に

飛ぶ鰡

飛ぶ鰡《ぼら》をいち度見たれば掘割の橋わたるたび流れを覗く

夕つ日の帯長々と海の面にゆらぐを見てゐつ荒磯《ありそ》に立ちて

時の間に波うち消さむ足あとを渚の砂に残しつつゆく

夕雲の垂るる沖合ひとところ日のさすらしも煌めきやまず

赤き日を裕次郎碑の立つ崖に光のほそりゆくまで見たり

雪見橋

十五にて父亡くしたる過去《すぎゆき》に今し向き合ふ受けとむるべく

転げくるボールを子らに投げ渡しこころ嬉しくなりたり吾は

朝ごとに吾はあたらし自づから昨日の記憶ととのへられて

ふる里の甲府家並《やなみ》は変はりしか「古府中」「百石」「御納戸小路」

吾が立てる地下を街川流るるか「雪見橋」とふバス停留所

たちまちに三崎の入り江は翳りきて「海鵜の群れだ」男の声す

貧者の蘭

シクラメンひとつの莟がゆるびたるときに花むらわづかに動く

見るたびにきれいな花と姑言《はは》へり緋《ひ》に勢へる冬のドラセナ

信号に急かされながら人混みを泳ぎわたりつ宵の渋谷へ

大相撲中継見つつ豆もやし一袋《いったい》の根をむしり終へたり

ビニール傘十数本が下がりたり雨晴れし日のごみ収集車

早朝に豆腐屋の主人《あるじ》うごく見ゆじよんがら節の三味線鳴りて

「貧者の蘭《プアマンズ・オーキッド》」とて吾が愛づる裏庭の射干《しやが》ほの明かりせり

一日の庭の手入れの最後にて大き牡丹を花活けに挿す

書棚よりビジネス向けの本降ろす吾が変はらむとする手はじめに

火の見櫓

終戦当時の疎開先、山梨市八幡地区を六十年ぶりに訪ねる。

おとなへば循環バスが通ひたり戦時疎開の村の辻には

道祖神《さへのかみ》ありき火の見櫓ありき父生れし村のゆるき坂ゆく

かつてありし田圃も畦も無くなりて桃の畑に花咲きはじむ

萱葺きの家すでになし祖父母なし四代目当主の住まひのありき

住みし家の近くにおはす道祖神かたへの水仙風に揺らるる

幼くて過ごしし家のほど近く万屋《よろづや》に入り草餅を食ふ

待つ人の七人ほどに増えにけり日に十本の循環バスは

月あかり

月明かり幾すぢ白き波がしら吾に向かひて迫りくる見ゆ

陸橋をゆく雨傘のつらなりて駅へと入るをビルに眺めつ

さしあたり為すことも無き吾なるにレジの順番もどかしく待つ

スクランブル交差点には合戦のごとくに人のなだれ入りゆく

まへうしろ若きは貰ふ宣伝のポケットティッシュ宵の街ゆく

ネクタイが正月以来ハンガーにかかれり五時半指す形して

畑土の裏返りつつ耕運機キャベツの古葉を踏み行くところ

星群

東京の明るき夜空の奥底に数かぎりなき星群はある

露地に積む「本牧《ほんもく》魚協」の箱いくつ本牧に漁師今も住むらし

広場にはなほ雨水のひろごりて低くし垂るる黒雲うつす

日々を見て過ごせしドラマ終はりけり同居家族の越してゆくがに

軒下に播きしゴーヤの蔓伸びて窓にやうやく影さしはじむ

ゴーヤの葉おほふ窓べを蜂ひとつ羽音あらく離れゆきたり

雨降神社

星空をゆくがごとしも水芭蕉数かぎりなき湿原のなか

いつせいに白き小鳥の飛び立つか半夏生の葉を風吹きぬけて

白檜曾《しらびそ》の木下につもる落葉の香立ちのぼりつつ日あたるところ

女坂に敷くきざはしのほど高し石のあはひの露草の花

いにしへの人の歩幅のたくましさ参道の石踏みつつ登る

踏みしめて石の段《きざはし》のぼりゆく霧の向かうの雨降《あぶり》神社へ

つくつくぼふし

亀いくつ岩陰を出て泳ぎ来ぬ「ゐさをやるな」の立ち杭のわき

明け方の大き星見ゆ枯れ初めし苦瓜の葉を透きてかがやく

貨車牽きて蒸気機関車通りけむ草にうもるる鉄路を跨ぐ

椎の木の林に午後の日は洩れて終はりの夏をつくつくぼふし

シャツ着たる犬がボールに躍るたび芝草のつゆ四方に散らす

江戸風鈴

塾終はりひと日の緊張ゆるべるか夜の電車にはしやぎ合ふ子は

呑み乾すべき杯を置くそれぞれに残されてある歳月のごと

駅までをゆく道すがら浮かべたりなさむ苦言のいひやう一つ

長雨に波打つ障子の白紙がかすかに光の濃淡を帯ぶ

退職してほど経たる身が腰痛に三日ばかりを臥せりて焦る

秋風の吹き初めなれば軒下の江戸風鈴の短冊はづす

やはらかく降る雨聞こゆ葺き替へし瓦の屋根にけさを降るあめ

白露の神

冷え冷えと布靴に露滲み来ぬ芝草の野に吾が踏み入れば

白露の神宿りたる草はらを素足に歩く素足濡れつつ

松の木の影さかしまに写れるをアメンボ平らに越えてゆきたり

老松はすつきりと立つ吹き荒れし風に枯枝打ち払はれて

公園をゆく足裏に伝はり来《く》地下鉄電車のかすかなる音

治まるか十日つづきの妻の咳吾を責むるごとくに聞けど

うしろよりブーツの音の聞こえしが二つ目の角を過ぎて遠のく

筑波嶺

ビルディング波打つごとくひろがりて果たてに青き筑波嶺の見ゆ

羽ふるひ何か啄む鵯《ひよどり》はかくれみのの葉密なるところ

大蜘蛛は捕へそこねし虻もろとも地上に落ちて死せり刺されて

ゆづり葉の実ひとつ落つる音聞きぬ街の空家の前過ぐるとき

娑羅の芽に降りたる雨は銀《しろがね》のしづくとなりて今朝をかがやく

鍋かけて妻は近くへ出てゐるか小豆の匂ひ漂ひ来たる

吾が歩み自づと早し樹々の葉に時雨の音のにはかに高く

夕日の帯

帆は今は横一列にひろごりてヨットいくつか沖合をゆく

しろがねに湧き立つ沖を眩しみて『雲母集』の雲母《キララ》を思ふ

夕凪の海のおもてのあかあかと裳裾ゆらぐに吾が捲かれ立つ

相模湾へだてし靄の向かうにて赤き入り日のつづまりて消ゆ

五隻ほど漁師の舟が出でゆけり夕日の敷きたる帯を過りて

大空に海鵜のむれの広ごるを仰ぎ立ちたり暮れの漁港に

金色の夕日の帯は波のうへ解《ほぐ》れつつ来て渚にとどく

地下酒場

吹き降りはなほ続くらし地下酒場《バー》に襟深く立てて下りくる見れば

順追ひてデスクトップの画像消ゆ終列車出でし駅舎のごとく

裸木の向かうの窓はあかあかと保育所の児ら父母待つ頃か

転寝《うたたね》より覚むれば紙に長かりきルーズリーフの金具の影は

限りなき昔の音と聴きてをり銀杏《ぎんなん》落つる木下に吾は

いくぶんか虫の食へるはゆるしつつ庭に培ふ小松菜を引く

隣より垣のさざんくわ枝伸びて肩触るるたび花びらの落つ

焼け跡の校舎

焼け跡の校舎の庭に向日葵を播きたる教師いかにしあらむ

煙しむ目をこすりつつストーブを焚きくれし教師今なほ浮かぶ

門松となる長短の竹積まる篁《たかむら》のなか透きて明るく

凧すこし模型飛行機おほく飛ぶ正月三日の公園の空

吾が家を示す略図に書き込みし豆腐屋が今日美容院となる

紙束《かみたば》となり果てにける新聞紙吾が門に置く毎月十日

三月十日

かへりみて三月十日のことなるや母の背に見し夜の赤き空

黄の色を吾が覚えしは道端に咲くたんぽぽが初めと思ふ

花粉とぶ日は歌を詠む雨降りに祖父が草鞋《わらぢ》を編みたるやうに

ゆくりなく出会へば大き花粉除けマスクはづして明るく笑まふ

隣家の二階に赤子の泣く声の初に聞こえ来《く》春の夕べに

古屋敷毀《こぼ》たれてのち六軒の片流れ屋根の家ならび建つ

青の虚

見上ぐれば青の虚《うろ》なり晴れわたる四月の空の深きところは

神々しきまでに咲きゐしマグノリア花萎えたれば元の庭の木

ことわりの封書投じて帰りしな散髪をせり角の床屋に

そのあたりに遊びゐたりし女児《をみなご》が夫子と越し来《く》家建て替へて

携帯電話《ケイタイ》のランプは光るテーブルに転寝《うたたね》の子の頭のかたへ

佐久の山辺

大輪に開きて止まむ白牡丹蕾は朝にゆるび始めつ

芍薬は活けし後よりととのひて紅《くれなゐ》満てり居間の花台に

紅茶の葉ガラスポットの中を舞ふ夕映えに海鵜群がるごとく

レタスの玉包み来たれる記事一つ佐久の山辺は小正月なり

転寝の覚めて浮かび来今しがた探しあぐねし言葉ひとつが

耳大きく口もと結ぶ古びたる五百羅漢の像おほかたは

厨よりよき音ひびく手鋏に利尻昆布をきざみゐる音

紺青の画面の空に夕星《ゆふつづ》のごとくにマウスポインター置く

梓川

岩あひをたぎり落ちゆく水しぶき降りたる雨は谷駆け下る

激ちたる昨日《きぞ》の雨水はしづもりて澄みし流れの谷川ありき

梓川波さわだちて流れたりめぐりの沼にいくばく浸みつつ

歳晩

苦瓜は熟れて自づと割れにけり実の黄の色が鳥呼ぶごとく

残りたる苦瓜《ゴーヤ》は朝に実の爆ぜて幾ばくの種大地にこぼる

腕時計そのまま見せて吾が応ふ時刻訊きくる小学生に

秋の雲明るき影がのぼりゆくキャベツ畑のゆるき傾りを

捨て植ゑの黄菊明るし町裏の冬の畑のひとつところに

街なかを豆腐の荷車押して来る修行のごとく声をあげつつ

それぞれの庭に成りたる柚子の実もおほかた採られ歳晩となる

水晶体

紺青の夜ぞらの星のこまやかさ寒紅梅も咲きそめにけり

星くづに研ぎ澄まされて月ひかる東《ひむがし》のそら高きところに

七十年見たる穢れか両の眼の水晶体の白きにごりは

眼球にかすかに針の刺戟あり遠く稲妻走るがごとく

隻眼《せきがん》に夕光《かげ》のこる居間に坐すしばしを時の流るるままに

十日のち左眼も癒えて吾が庭の白梅の花ひかり満ちたり

両眼の健やかなりしころの世はこれほどまでに明るかりしか

第二部

道ばたの牛

町なかの梅園にしておほかたの幹の周《めぐ》りに青苔生ず

隣家《おとなり》の躑躅あかるし暮れ方の厨の窓のくもり硝子に

高校を卒業したるか翔太くん武者絵幟は今年上がらず

朝風呂の湯気に交じりてもの思ふ男の顔が五つほど浮く

蝶を追ふ吾の姿か菜畑の黄のかげろひの向かうに立つは

池の面に居ずまひただすか軽鴨は儀式のごとく羽うち振るふ

東日本大震災の後　三首

置き去りにされたる牛が道ばたの草食ふあはれ見るに堪へずも

照明を減らしし店のレジ周り人は黙してもの包みをり

さはさあれ「冷却止むるは即ち死」フクシマダイイチ所長は言へり

早朝練習

地にささる槍の柄揺れて先生と生徒ひとりの早朝練習

早朝練習《あされん》の生徒の気合白線を越えてささりし槍の柄の揺る

おどろなる丘のなだりに道ひとつ日々に分け入る人あるらし

夜の道に来むかふ人の顔白しケイタイ画面じつと見つめて

昼長《た》くるまでの命を装ひてハイビスカスは紅花ひらく

蚊遣り

池端を蚊遣りの香りながれ来ぬ鮒釣り人のゐる辺りより

開け放ち朝いつときを正座せり嘴太がらすを遠く聞きつつ

交響曲『ジュピター』はじまり山頂に大鷲ひとつ羽振るふごと

〈青春は心の様態〉とふことば抱きつづけて来し三十年

神々の御座《おはす》ごとしも白銀《しろがね》に小波《さざなみ》立てる沖ひとところ

花蓮

石みちに敷く街路樹の濃き影を辿りつつゆく梅雨晴れの朝

止まりける枝の折れしに慌つるか鴉の大き羽ばたきの音

梅雨ぞらの雲突くごとく花蓮《はちす》かたき莟が立ち上がりたり

読書灯照らす苦瓜《ゴーヤ》の向かうには奥ふかき闇横たはりけり

あけぼのの蝉いつせいに鳴き出でて欅一木のかそかに震ふ

そびえ立つ入道雲が迫りたりヴェランダにゐる吾が頭上まで

形見のベルト

近隣に住む義姉の入院

社会的義務を終はりて手に鼻に管繋ぎつつ横たはりけり

この家に義姉《あね》帰り来る日のあるか玄関わきの玉すだれ咲く

歩きそめし頃の吾が子を思ひ出づ杖つき部屋をあゆむを見れば

「ケアハウス出でて自宅に終はりたし」義姉《あね》の言葉にわが黙したり

介護とは約《つづ》まるところ「する人」のこころを試す　白梅あふぐ

その父の形見のベルトしめてゆく障害者たる「裕子」の施設に

象たちの耳

蓮池を風わたらへばわらわらと犇めき合ひて象たちの耳

夕暮れの河口ちかくを鯔《ぼら》が跳ぶ白く鋭く八方へとぶ

かはせみの池より発つを見まもれり暗き木立へ吸はれゆくまで

夏ぞらに踏切の棒《バー》上がりたり列車四本過ぎたる後に

ゆったりとバスは揺れつつ踏切を渡りて町のなかへ入りゆく

港の灯

ジャンプ傘ボンとひらきて店を出づ明るき雨の公園通りへ

銀杏《いちやう》の葉吹き落されて枝あひに開《ひら》けし空を仰ぎ立ちたり

港の灯明るく照らす夜のそらを星は降るべし太古のままに

大空にただよふ雲のあるがまま多摩の流れは映しつつゆく

川に向き吾が立つごとく没りつ日を古人《いにしへびと》も崇めたりしか

おそ秋の日暮れの部屋にパソコンのスリープランプ点滅をせり

暮らしの殻

裸木の影うつりたる芝草を踏めば足裏《あうら》に温きが伝ふ

それぞれの暮らしの殻の積まれたる二丁目会の掲示板前

畑なかに刈り残したるキャベツの葉腐れて冬の薄き日を浴ぶ

おもむろに長押《なげし》の木目浮かびくる欄間より入る明けのひかりに

虹の輪のしばらく顕てり水面に羽うちふるふ鴨の背向《そがひ》に

藤棚の間《あはひ》に見ゆる十日月傾くまでを雨戸開けおく

胡蝶蘭五鉢出窓に飾られて商店街に美容院開《あ》く

狛犬の影

悔い幾つ空の深きへ放ちたり港に除夜の汽笛聴きつつ

鐘の音と船の汽笛とうち交じり横浜《ハマ》の白楽《はくらく》歳新たなり

鳥居より初《はつ》日入《はひ》りて狛犬の影ながながと玉砂利に引く

元日の膳に慈姑《くわゐ》と黒豆と父在りし世の肴に祝ふ

一粒の砂の光が吾を射つ「眼をひらけ」とぞ諭すごとくに

五百台収容第二駐車場ひろびろとして使ふ人なし

堆《うづたか》く鬼柚子積みて売られたり正月明けの路地の八百屋に

芝草の青みさす原二三度《ふたみたび》つづら折れして吾が歩みゆく

防人のうた

万葉集第二十巻防人歌　『わが妻も畫《ゑ》にかきとらむ暇《いつま》もか旅行く吾《あれ》は見つつしのはむ』

その妻を絵に描きとりて出でてゆく防人ひとり忘れ難しも

女生徒らピースサインを揺らしたり渡されて向くるカメラレンズに

繋がれて砂糖きび挽く黒牛の頭撫でやる旅行の子らは

訪ひ来たる人のすすめを拝辞せり〈神〉にかかはる議論いとひて

朝採りの莢ゑんどうの筋をひく野球中継ラジオ聞きつつ

次の球に完全試合を懸くる顔写しだされて吾が立ち上がる

二〇一二年五月三〇日、巨人軍の杉内投手

月の海

月の海見ゆるまで月澄みにけり梅雨明けの日の夕べ出づれば

五歳児なる吾は夏空仰ぎけり終戦の日の広き夏ぞら

仏壇のなき迎へ盆庭に出て垣根の枝葉剪り空かしたり

アイドリング停止のバスに街なかの音なき時のしばし流れつ

生鰹入る手提げを吾が影が持ち替へながら街を帰り来

パソコンのキーの間を蟻ひとつ迷路のごとく這ひすすみゆく

傘になれ

菊畑の日の照る方にて蝶の舞ふ建屋の影が伸びて覆へば

ウォーカーズ・ハイの兆して歩を早む吾が傍らをとぶ銀やんま

日めくりの明日の言葉は「傘になれ」心に掛けてノートを仕舞ふ

箕《み》の中の米ぬかを撒く男あり夕日負ひつつ冬枯れの畑

柿の里

柿の木の下に皮剝く媼ありここは甲州枯露柿《ころがき》の里

干し柿は萱葺き屋根の軒下に連なり垂りて秋の日を浴ぶ

たちまちに時雨は斜《はす》につのり来ぬ雲の間《あはひ》に薄日見えつつ

マルメロの香の漂へり黄なる実が厨に五つ居間には三つ

五六片柿の落葉の動く見ゆ町うらの川ゆるく流れて

かへでの葉ひとつ舗道を転びゆく帰りつくべき先あらなくに

詠むなかれ

過去《こしかた》の企業戦士の勲章か未病・持病の話とびかふ

吾もまた企業戦士にありにしか戦後教育初回生にして

女ひとり土俵の向かうに坐りたり今日は浅葱の着物よそほふ

来むかひし若きと傘を傾げ合ふ路地の垣根のジャスミンの花

「明日には忘るる歌なぞ詠むなかれ」石田比呂志の言を諾ふ

五分粥

十時間廊下に待ちし妻をいふ看護師長は話しくれたり

ひとさじの五分粥を食ふぢきぢきに腸に下るを想像しつつ

病室に日々を眺めしさくら五株《しゅ》花咲き終はり青葉となりぬ

池端のベンチに凭《よ》れば陽は満てり四十五日の病臥のあとに

町うらの坂を上れば息切れす傍《かたへ》にあぢさゐ今年も咲けど

用事ひとつ足してはしばし横たはる術後間なしと言つて居られず

胃なき身を吾が思はざる時のなく罅入りし碗あつかふごとし

癒えたるをやはらかき食《じき》に身は慣れて術後半年なほ粥を炊く

過去《こしかた》の七十余年は時の間か園池の橋を母子がわたる

生きゆかむ生まれ変はれるごとくして吾が過ぎ来しに悔い多かれば

甲斐駒ケ岳

ふるさとの甲州葡萄の一つぶの果肉を嚙みて喉《のみど》に落とす

教師らも戸惑ひにけむ敗戦後小学いちねん吾らをかかへて

夕映ゆる甲斐駒ケ岳を畏れ見つ戦災跡の野原のはたて

産土の橘町《たちばなちやう》の西方に甲斐駒ケ岳変はることなし

夏ぞらへ高く踏み切れ幅跳びの練習をする中学生よ

池端に鮒釣る人のなつかしさ木蔭に寄りてその浮子《うき》見つつ

夕暮れて明るさ残る池端に半夏生の葉いよいよ白し

一輪車

月の暈ほのかに赤くかがやきぬ薄雲おほひて過りゆくとき

眼ざめたるときの思ひに従はむ昨日やどりし気迷ひごとは

職引きしとき仕舞ひたるワイシャツの襟に浮き出づ汗沁みの跡

「文系の趣味も持てよ」と友のこゑ今に活きたり短歌《うた》をわが詠む

黙したる祖父の姿を思ひ出づ痛む身体に耐へつつゐしや

だいぢやうぶ動いてゐれば倒れないい子の一輪車大揺れしつつ

拍子木の音

いとけなき頃の思ひ出遠ざかる夜の向かうに拍子木の音

小児科へ幼稚園へとふたり乗せ隣家《となり》の主婦の自転車走る

クール便〈禁　横かかへ〉福島の桃の薄皮ていねいに剝く

やがて光うすれゆくべしおそ秋の満ちたる月の西にかがやく

隣よりひとり住まひの老いびとの雨戸引くおと健気にひびく

川土手の芒ひとむら若き穂のひかり含みて八方に垂る

カナリアのこゑのかつては聞こえにし商店街の裏路地をゆく

やすらなる

義姉の子、裕子逝く。

やすらなる死相《マスク》なりけり今しがた〈生〉の苦痛を解き放たれて

心身障害とふ重き荷を背負ひつつ生きたる裕子の五十八年

亡き父を慕ひて生きし幾年かその命日のあくる日に逝く

白き神々

吾が未だ為さざることの多くあり夜半の稲妻遠きをはしる

眼ざめたるとき浮かび来し二三言《ふたみこと》つなぎて歌に書きとどめ置く

月の影弾みてサッカー少年がひとりボールのドリブルをする

雉鳩の落としたる羽根わが被るフェルトの帽子にさして街ゆく

ヒヤシンスグラスに青き花闌《た》けて香りただよふ文机のうへ

高処より白き神々息吹きて覆ひ尽くせり汚れたる地を

北屋根はつもる間もなし強風に雪は空へと吹き上げられて

八ケ岳ふもとの雪の深からむ「野辺山牛乳」今朝も届かず

朝

朝はやく雪見障子を引き上げぬ垣の下草見ゆるがほどを

朝あさを本音の言葉に触れたくて読者欄より新聞ひらく

早朝のビジネスマンにてにぎはへる飯店《めしや》の映像　吾は粥食ふ

宿りたる生命《いのち》によりて生かされむ朝餉にひとつ玉子割りこむ

父祖を拝すといふことのなく来たりしよ朝の紅茶を吾が沸かしつつ

朝ひらく東の窓に港より船の汽笛の高くし聞こゆ

復活祭

群れゐたる土鳩のひとつ虹いろの胸もと揺らし吾に歩み来

たまきはる生《せい》の息吹きを覚えつつさくらの下に花びらを浴ぶ

五十八年共に生きたるその母のほそき腕《かひな》に抱かれて逝く

死の床の裕子を詠みし歌五首を牧師に捧げ聖堂を出づ

心身の障害を負ひ生きぬきし生命《いのち》を思ふ黙禱のとき

祈りの後イースターエッグを賜りて納骨に向かふ共同墓地に

讃美歌をともに歌ひし人びとに裕子よ祝福されて生れ来《こ》

津軽の風

つがる弁が津軽の風にのつて来る夏季巡回のラジオ体操

電線の濃き影踏みて歩みゆく明るき午後の道の面《おもて》を

絹さやの実のさみどりを摘みてゆく中腰となりあるいはしやがみ

あぢさゐの青に行きあふときいつも夢のなかなる色とぞおもふ

梅雨晴れの空気軽くて北窓に電車の音のはるかに聞こゆ

「運動会やります」の報打ち上がる学校裏の草はらあたり

兄の書く文字の筆圧弱まりぬ連れ合ひの去年《こぞ》逝きしころより

誰も居ぬ校庭広し一時限終はりのチャイム鳴りひびきたり

冬の虹

「馬入川《ばにふがは》」流るる末を見降ろせり河口大橋半ばに立ちて

青桐の影はますぐに伸びゆけり夕日のうすく照る草はらへ

葉桜のこずゑに絡まる紙ぶくろ飛びたたむとす風の吹くたび

遊歩路のかたへの石にこぼれたる玉すだれの種ひとつづつ拾ふ

垂れこもる雲にかかれる冬の虹ふたたびあふぐ日照雨《そばへ》ふる日は

初霜のころ

いくひらか桜もみぢの吹き入りしエレベーターにて改札までを

初霜の降りたるあした行く路地に鳩鳴き時計いづこの家か

霜のふる朝に真鴨の数増ゆる池の水草末枯るる辺り

生垣の満天星《どうだんつつじ》葉のいろの日々深みゆく見つつし歩む

生き来たるままを晒して黒松は枯葉まじりの太枝を垂る

同期会終はりて秋の日の暮るる窓に埠頭の灯火の見ゆ

夜明けまへ五体投地のさまにしてオリオン星座のつひにし没す

しろたへの一木とならむ木蓮の枝枝に秀の光ふふめる

葱畑の畝

高枝に啼く百舌鳥《もず》のこゑ曇天の湿りたる気を裂きひらきたり

白鶺鴒《せきれい》羽をふるひてわたりゆく池に枯れたる浮き草のうへ

白せきれい玄関先を跳ね歩《あり》く姑《はは》のたましひ遊びてゆくか

ラジオ体操教はりしころ蘇る「埴生の宿」に首回しつつ

咲きにほふ寒紅梅の花一木《ひとき》入り組む枝にささへられつつ

葱畑の畝に土寄せする夫婦遠くに見えてかぜ温《ぬる》みたり

あとがき

二〇〇一年より二〇一五年三月までの作品から四〇〇首を選んで、私の第一歌集『檐溜《たんりう》』といたしました。第一部は初期作品と「あまだむ」とに発表した作品、第二部は「八雁」に発表した作品です。

檐溜とは、雨水が庇から垂れて軒下に出来た水たまりを意味します。年来の愛読書『自然と人生』（徳冨蘆花著　明治三三年発行）の「自然に對する五分時」中の散文詩「檐溜」にちなんで、歌集名と致しました。

檐　溜　　徳冨蘆花

雨後《うご》、庭櫻《ていあう》落《お》ちて雪《ゆき》の如し。檐溜《たんりう》にも點々《てんてん》として浮《うか》べり。
檐溜《たんりう》を淺《あさ》しと云《い》ふことなかれ。其の碧空《へきくう》を懐《ふところ》に抱《いだ》けるを見ずや。
檐溜《たんりう》を小《しやう》なりと云ふことなかれ。青空《あをぞら》も映《うつ》り、落花《らくくわ》も點々《てんてん》として浮《うか》び、櫻《さくら》の梢《こずゑ》も倒《さかし》まに覗《のぞ》き、底《そこ》なる土《つち》の色をも見《し》めす。白鶏《はくけい》三羽来りて、紅《くれなゐ》の冠《かんむり》を揺《うご》かしつ、、俯《ふ》して銜《ふく》み、仰《あを》いで飲《の》めば、其影《かげ》も亦水《みづ》にあり。融然《ゆうぜん》として相容《い》れ、怡然《ゐぜん》として共棲《きやうせい》す。奈何《いか》んぞ人《ひと》の子《こ》の住《す》む世界《せかい》の隘《せま》き。

私は二〇〇〇年に会社を定年退職し、翌年から自己流で短歌創作を始めました。中学、高校の国語の教科で学んで以来、日常接することもほとんどなかった短歌をゼロから始める気になったのは、戦中生まれの自分にとって、戦後失われゆくかにも見えた日本の伝統文化を自分なりに取り戻したかったからです。短歌創作はそのひとつでした。始めの六年間は、ＮＨＫ学園の通信講座を受講したり、横浜紅葉が丘「じょいぷらざ」の歌会で、お互いに作品批評をしあいながら学びました。

二〇〇七年、横浜みなとみらいにある神奈川大学ＫＵポートで開講された、